Vente des 20, 21, 22, 23 & 24 Avril 1869

COLLECTION

DE

M. LE B^ON ALBERT DE HIRSCH

DE VIENNE

OBJETS D'ART

ET DE CURIOSITÉ

CAMÉES & INTAILLES

EXPOSITIONS

PARTICULIÈRE, *le Dimanche 18 Avril 1869,*

De une heure à cinq heures;

PUBLIQUE, *le Lundi 19 Avril 1869,*

De une heure à cinq heures.

Me CHARLES PILLET

COMMISSAIRE-PRISEUR

MM. ROLLIN, FEUARDENT ET MANNHEIM

EXPERTS

CATALOGUE

DES

OBJETS D'ART

ET

DE CURIOSITÉ

Camées et Intailles, antiques, de la Renaissance et des temps modernes;
Orfévrerie des XVIe et XVIIe siècles; **Bijoux anciens**; Tabatières;
Grès de Flandres; **Faïences; Porcelaines; Verrerie de Venise** et autres
Miniatures; Estampes; Belles Sculptures en bois et en ivoire;
Suite intéressante de **Cadres pour Miniatures;**
Objets variés des XVIe et XVIIe siècles; **Coffrets gothiques** en bois sculpté;
Petits Cabinets enrichis de sculptures; **Meubles en bois sculpté;**
Lustres et Girandoles en verre de Venise;
Glaces anciennes; Bras de cheminée en bronze et en bois sculpté; Belle **Armoire**
en bois sculpté et doré et autres **Meubles** des XVIe, XVIIe et XVIIIe siècles;
Etoffes et quelques Tableaux.

COMPOSANT LA COLLECTION DE

M. le Bon ALBERT DE HIRSCH, de Vienne

ET DONT LA VENTE AURA LIEU

HOTEL DROUOT, Salle N° 1

Les Mardi 20, Mercredi 21,
Jeudi 22, Vendredi 23 et Samedi 24 Avril 1869

A DEUX HEURES.

Par le ministère de Me **CHARLES PILLET**, Commissaire-Priseur,
10, rue de la Grange-Batelière,
Assisté, pour les Médailles, de MM. **ROLLIN** et **FEUARDENT**, experts
12, rue Vivienne,
Et pour les Objets d'art, de M. **Ch. MANNHEIM**, Expert, rue St-Georges, 7.

EXPOSITIONS { *PARTICULIÈRE :* le Dimanche 18 Avril 1869,
PUBLIQUE : le Lundi 19 Avril 1869.

DE UNE HEURE A CINQ HEURES.

CONDITIONS DE LA VENTE

Elle sera faite au comptant.

Les adjudicataires payeront *cinq pour cent* en sus des enchères.

Les expositions mettant le public à même de se rendre compte de l'état des objets, il ne sera admis aucune réclamation une fois l'adjudication prononcée.

Paris. — imp. de Pillet fils aîné, rue des Grands-Augustins, 5.

DÉSIGNATION

BAGUES

44-45. Bague en argent : Jupiter assis. Calcédoine, monture antique ; bague en argent : tête de nègre de face. Jaspe noir, monture de la Renaissance.　　　　2.

46. Bague en or : tête de Bacchus indien. Nicolo.

47. Bague en or : guerriers combattant près du corps de Patrocle. Sardoine.

48. Tabatière en fer, travail à jour de la Renaissance, camée en pierre d'Allemagne : tête d'homme barbue.

49-50. Bague en or, monture antique : Victoire sur un globe, pâte imitant le nicolo ; bague en fer : Minerve casquée debout, appuyée sur sa lance. Cornaline.　　　　2.

51. Bague en or : centaure. Cornaline.

52-53. Bague en argent, inscription ΑΡΡΟΑΙ. ΑΠΕΙ, en or : femme assise, camée onyx.　　　　2.

54-55. Bague : buste de femme. Jaspe noir ; autre : Eros, Vénus, Silène. Calcédoine.　　　　2.

56. Bague : tête de vieillard, camée onyx.

57. Bague en or : muse appuyée sur une colonne. Cornaline signée ΠΙΧΛΕΡ.

58-59. Bague en argent : Léda, pâte noire ; bague en or : buste de femme composé de quatre têtes, camée. Agate onyx.　　　　2.

60. Bague en or : homme nu façonnant un arc. Agate rubannée.

61. Bague en or : Fortune avec corne d'abondance. Grenat.

62. Bague en or : deux têtes accolées, homme et femme, camée. Onyx.

63. Bague : tête casquée, camée. Onyx.

64. Bague en or : tête bachique, avéc pampres et raisins. Onyx, camée.

65. Tête de la Pâleur, belle d'expression. Onyx à deux couches, camée.

66. Bague en or : scène d'amour. Pâte imitant la topaze, signée ΠΙΧΛΕΡ.

67. Bague en or : cavalier combattant contre un homme nu tenant un bouclier. Cornaline.

68. Bague : homme nu debout tenant une épée. Cornaline.

69. Bague en or : buste de femme. Grenat.

70. Bague en or : tête casquée de femme. Grenat.

71. Bague en or ; dans une couronne : B. N. L. Cornaline ; autour de la pierre 14 petits rubis.

72. Bague en or : Eros avec le pétase de Mercure. Jacinthe.

73. Bague en or de la Renaissance ; manque la pierre.

74. Bague en or de la Renaissance. Jacinthe.

75. Bague d'or : corne d'abondance. Grenat.

76. Bague : tête d'enfant, camée. Onyx.

77. Bague : Faune assis et une chèvre. Cornaline.

78. Bague en or : Pallas Nicéphore debout. Emeraude.

79. Bague en or : guerrier sur un hippocampe. Onyx.

80. Bague antique en or pur.

81. Bracelet en perles noires : lion marchant, au-dessus étoile. Calcédoine.

82. Bague en or : têtes affrontées d'homme et de femme, camée. Nicolo.

83. Bague en or : Vénus dans un char est conduite par l'Amour monté sur un bouc, camée. Agate.

84. Bague : un canope. Onyx.

85. Bague en or : Cérès tenant un épi et un sceptre. Cornaline.

86. Bague en or : deux petits génies dans un char traîné par deux lions, camée. Onyx.

87. Broche : tête barbue de face, camée. Onyx.

88. Broche en or : tête imberbe, camée onyx.

89. Bague antique : génie debout devant un autel, derrière jeune fille assise jouant du buccin, camée. Onyx.

90. Bague : tête barbue. Onyx.

91. Bague : masque. Onyx.

92. Bague en or : Jupiter Sérapis assis de face. Sardoine.

93. Bague en or : buste imberbe de jeune homme. Calcédoine.

94. Bague en or, monture antique : sphinx couché appuyant une patte sur une tête d'homme. Jaspe d'Egypte.

95. Bague en or : Hercule dans un char traîné par deux lions, camée. Onyx.

96. Bague en or : buste imberbe de face d'un jeune homme. Calcédoine

97. Bague : masque de face, camée. Calcédoine.

98. Bague en or : la pierre qui était tenue par trois griffes de lion est tombée.

99. Bague de la Renaissance en or : tête casquée. Nicolo avec deux rubis.

100. Bague en or, monture antique : Victoire ailée. Sardoine

101. Bague antique en or avec trois émeraudes.

102. Bague en or, monture antique.

103. Bague en or : tête voilée de femme. Améthyste, de chaque côté un petit diamant.

104. Pendeloque en argent doré : tête de Lucius Verus, monture de la Renaissance. Jaspe noir.

105. Epingle en or : tête de Jupiter Sérapis, avec le modius. Onyx.

106. Ascension de la Vierge, entourée des douze apôtres. Agate.

SCARABÉES & ANNEAUX

Egyptiens, Assyriens et Etrusques

107. Grand scarabée égyptien, en terre émaillée, avec cinq lignes de caractères faites plus tard par des peuples barbares.

108. Scarabée en serpentine, neuf lignes d'hiéroglyphes.

109. Scarabée en serpentine, huit lignes d'hiéroglyphes.

110. Scarabée en agate rubannée, 33 mill. sur 24.

111 à 113. Demi-globe avec deux creux, fragment d'un grand scarabée avec des hiéroglyphes ; un petit scarabée en pierre noire dure. 3.

114. Scarabée en terre émaillée, sur le revers un épervier tenant un fléau, le tout entouré de divers symboles.

115 à 119. Deux petits scarabées en terre émaillée ; un fragment en serpentine, avec hiéroglyphes ; un petit scarabée à deux faces, terre émaillée. 5.

120 à 123. Scarabée en terre émaillée, différents symboles sur chaque. 4.

124-125. Scarabées en pierre dure ; un autre en pâte de verre : serpent et
inscription gravée plus tard.   2.

127-128. Deux scarabées, sur l'un trois poissons, sur l'autre un cartouche,
terre émaillée.   2.

129 à 131. Scarabées, un en pierre dure, les deux autres avec différents symboles en terre émaillée.   3.

132-133. Trois perles en ambre, un scarabée en cornaline ; sur le dos est
gravée une inscription arabe.   2.

134 à 137. Quatre cachets assyriens, trois en agate et un en jaspe vert ; sur
les cachets sont gravés un taureau, un oiseau, une mouche.   4.

138-139. Scarabée en agate : griffon dévorant un cheval ; scarabée en calcédoine : guerrier à genoux se couvrant de son bouclier.   2.

140-141. Scarabée en cornaline : cheval paissant ; autre en cornaline
brûlée : deux guerriers tenant une lance.   2.

142. Scarabée en cornaline : Hercule tenant une massue et emplissant
d'eau une amphore.

143. Scarabée en cornaline : homme nu se baissant vers une amphore.

144-145. Scarabée en sardoine : animal fantastique ; autre en cornaline :
deux guerriers combattant.   2.

146. Scarabée en cornaline : Hercule et Apollon debout.

147. Scarabée en cornaline : Éros assis tenant son arc.

148-149. Scarabée en agate rubannée : tête casquée ; autre en terre émaillée : Pallas avec casque et bouclier.   2.

150-151. Scarabée en cornaline : un capricorne sur un autre animal;
autre : homme nu devant une amphore.   2.

152 à 154. Scarabées en cornaline : homme nu à genoux; deux griffons :
homme nu debout.   3.

155. Scarabée en cornaline : guerrier nu avec son bouclier.

156-157. Scarabées en cornaline : cerf couché, au-dessous trois amphores;
Minerve debout tenant une lance et un bouclier.   2.

158. Scarabée en calcédoine : Thésée se chaussant. Inscription : ΟΙΣΕ.

159. Scarabée jacinthe : panthère dévorant un aigle.

160-161. Scarabée en cornaline : guerrier à genoux; autre, onyx : guerrier assis, appuyé sur un bâton.   2.

162. Scarabée en agate : lion poursuivant un cerf.

163-164. Scarabées cornaline : âne marchant ; bœuf marchant.   2.

165-166. Scarabée sardoine : la Victoire dans un trige ; autre, calcédoine : homme emportant un lièvre.   2.

167-168. Scarabée en calcédoine : aigle volant ; autre en cornaline : animal fantastique.   2.

169-170. Camée en pierre ténéro dure : tête barbue ; scarabée en calcédoine, sans gravure sur le plat.   2.

INTAILLES

171 à 174. Les trois déesses debout, sardoine ; Jupiter assis, calcédoine, cornaline, jaspe rouge.   4.

175 à 177. Trois calcédoines avec Jupiter assis.

178-179. Cornaline : Jupiter assis entre les dioscures debout ; sardoine : tête de Jupiter avec le modius.   2.

180. Nicolo : tête de Jupiter barbu, avec le modius et des roseaux dans les cheveux.

181. Tête de Jupiter. Cornaline.

182. Tête de Jupiter-Ammon. Nicolo.

183-184. Tête de femme avec le modius et la corne d'Ammon, devant un trident ; jaspe noir : Léda.

185-186. Léda couchée et le cygne ; Ganymède et l'aigle. Deux nicolo.

187-188. Aigle sur un foudre, cornaline ; tête de Jupiter-Serapis, au-dessous un aigle. Onyx.   2.

189-190. Nicolo : aigle sur un cippe ; cornaline : aigle sur un foudre, au-dessus massue.   2.

191-192. Jaspe rouge : buste radié de femme ; cornaline : femme debout ailée, tenant un gouvernail et des épis.   2.

193 à 195. Cornaline : Pallas nicéphore assise; Pallas nicéphore debout,
à ses pieds une chouette; la même, à ses pieds un bouclier.   3.

196 à 198. Cornaline : Pallas nicéphore, à ses pieds un bouclier; Pallas
promachos de face, tenant un bouclier; Pallas promachos marchant.   3.

199-200. Sardoine, jaspe d'Égypte : Pallas avec une lance et un bouclier.
2.

201. Cornaline : tête de Minerve casquée.

202 à 205. Jaspe noir : Junon assise tenant une corne d'abondance;
autre semblable; cornaline : femme demi-nue assise, à ses pieds
un paon; paon.   4.

206 à 208. Cornaline : Fortune à couronne radiée, au bas une roue;
prime d'émeraude : la Fortune avec un gouvernail; jaspe jaune,
même figure, dans le champ une étoile.   3.

209 à 211. Nicolo : un coq sur une corne d'abondance, une chèvre se
dresse devant; cornaline : femme debout avec une corne d'abondance; jaspe vert : la Fortune avec corne d'abondance et gouvernail.   3.

212 à 214. Jaspe vert, cornaline, jaspe rouge : la Fortune debout.   3.

215. Nicolo : la Fortune debout.

216 à 218. Nicolo, jaspe rouge, agate : la Fortune debout.

219-220. Agate : chèvre devant une corne d'abondance; nicolo : figure
panthée de la Fortune.

221 à 223. Nicolo : vase et corne d'abondance; agate : corne d'abondance
entourée d'un serpent; cornaline : Mars debout.   3.

224 à 226. Cornaline : Mars debout; Mars marchant.   3.

227. Nicolo : Mars tropéophore marchant.

228 à 230. Prime d'émeraude : Pallas casquée, debout; cornaline :
pièces d'armures rangées ensemble; jaspe rouge : quadrige.   3.

231 à 233. Cornaline : Victoire ailée tenant une couronne; autre semblable ; autre sans la couronne.   3.

234 à 236. Cornaline, nicolo : Victoire tenant une couronne.   3.

237. Cornaline : Vénus et Éros près d'une ciste mystique. Dans le champ,
vase sur un cippe.

238-239. Prime d'émeraude, nicolo : Vénus victrix tenant un casque; la
même, appuyée sur une colonne.   2.

240-241. Prime d'émeraude : Vénus appuyée sur une colonne ; autre avec l'inscription : ΑΦΡΟΔΙCΙΕΑ.   2:

242-243. Cornaline : Éros jouant avec un lion assis devant lui ; sardoine . l'Amour tenant une lance et un bouclier.   2.

244 à 246. Onyx : Éros sur un cheval marin, au-dessous un dauphin nageant ; lapis : Éros avec un flambeau et un bouclier ; prime d'émeraude : Éros debout devant un terme.   3.

247-248. Onyx : Éros dans un char traîné par deux oiseaux ; Éros marchant tenant un papillon.   2.

249. Nicolo : Éros dans un quadrige.

250. Nicolo : Éros, appuyé sur son flambeau renversé, approche un papillon de la flamme.

251. Nicolo : Éros debout, les jambes croisées, tient une palme.

252. Nicolo : Mercure debout, tenant un caducée et la bourse, à ses pieds un coq et un bélier.

253-254. Améthyste : Mercure assis sur un rocher ; agate rubannée : Mercure debout.   2.

255-256. Jaspe rouge : Mercure debout ; cristal de roche : Mercure assis.   2.

257. Jaspe d'Égypte : Mercure dans l'attitude de celui de Jean de Bologne.

258-259. Jaspe rouge : Mercure debout ; cornaline : Mercure debout. .2.

260-261. Améthyste : Mercure assis sur un rocher, dans l'attitude du bronze du musée de Naples ; Nicolo : Mercure nu, tenant une patère.   2.

262. Nicolo : Mercure debout.

263. Onyx : Mercure assis, tenant son caducée.

264. Agate rubannée : Mercure, ayant son coq à ses pieds, sacrifie sur un autel surmonté d'un serpent ; au bas, bouclier.

265. Agate : homme assis devant un terme.

266-267. Nicolo : figure debout, devant un terme ; agate : terme de Mercure.

268. Calcédoine : scène de sacrifice, quatre personnages. (Brisée.)

269. Sardoine : tête de Mercure de face.

270 à 272. Onyx : tête de jeune homme; améthyste : pied ailé; calcédoine : trident entouré par un dauphin.   3.

273 à 275. Cornaline : homme sur un cheval marin; jaspe d'Égypte :
Apollon appuyé sur un cippe, à côté une biche; agate : guerrier
debout devant la statue d'Apollon.   3.

276. Nicolo : Mercure avec la chèvre devant une colonne entourée d'un
serpent et surmontée d'un coq. Inscription : TOTTI.

277. Améthyste : tête jeune avec cheveux flottants, peut-être le Soleil.

278-279. Cornaline : tête de Diane; tête d'Apollon radié et avec la corne
d'Ammon.   2.

280-281. Agate : Pégase volant; cornaline : Pégase paissant; au-dessus.
AMITY.   2.

282-283. Agate : griffon couché; cornaline : griffon la patte sur une tête
de bœuf.   2.

284-285. Jaspe : griffon assis; cornaline : Esculape debout s'appuie sur un
bâton entouré d'un serpent.   2.

286-287. Jaspe : deux figures armées devant Esculape; cornaline pâle :
figure ailée tenant un bâton entouré d'un serpent.   2.

288. Prime d'émeraude : les trois Grâces entrelacées.

289-290. Nicolo : Diane chasseresse, prenant une flèche dans son carquois,
est précédée de son chien; jaspe rouge : Diane d'Ephèse avec tous
ses attributs.   2.

291-292. Jaspe : Diane d'Ephèse avec ses supports, etc.; sardoine : femme
sacrifiant sur un autel, derrière la statue de Diane.   2.

293. Cornaline : homme nu, mettant des flèches dans un carquois. Style
étrusque.

294-295. Jaspe : Vulcain forgeant un bouclier; cornaline : tête voilée de
femme.   2.

296-297. Cornaline : Cérès debout tenant des épis et une corne d'abondance; jaspe jaune : Cérès assise.   2.

298. Cornaline : Cérès, tenant un rameau, conduit un enfant par la main.

299-300. Jaspe vert : figure assise tenant des épis; lapis : tête de Cérès
couronnée d'épis.   2.

301. Agate : Silène debout, la main droite étendue, l'autre sur la hanche.

302. Jaspe noir : Priape, la robe relevée, dans une position obscène.

303. Cornaline : Pan avec les pieds de bouc, marche en jouant de la double flûte.

304. Jaspe rouge : deux faunes sacrifiant une chèvre sur un autel allumé. 2.

305-306. Jaspe rouge : faune assis trayant une chèvre; cornaline : faune debout avec une chèvre. 2.

307-308. Cornaline : faune assis trayant une chèvre ; prime d'émeraude faune assis sur une pierre ; devant lui, le pedum. 2

309-310. Améthyste : faune assis à terre ; cornaline : faune avec un vase, près d'une fontaine. 2.

311. Grenat : femme nue assise, avec un thyrse, tenant par le col un terme de satyre.

312-313. Cornaline : ménade sacrifiant ; jaspe rouge pâle : sacrifice bachique composé d'un grand nombre de personnages. 2.

314 à 316. Prime d'émeraude : deux petits génies bachiques, l'un est monté sur une échelle pour cueillir des raisins, l'autre tend les bras pour les recevoir ; cornaline : génie bachique sur une panthère ; génie bachique tenant le lituus et une grappe de raisin. 3.

317 à 319. Cornaline et nicolo : génie bachique tenant une grappe de raisin. 3.

320 à 322. Cornaline : génie de Bacchus jouant avec un cygne; améthyste : génie bachique mettant un masque devant sa figure, inscription : SALV; calcédoine : tête de Bacchus barbu. 3.

323-324. Jaspe noir : tête casquée; tête de Silène formant deux têtes. 2

325. Cornaline : tête de faune riant, couronné de lierre.

326. Sardoine : tête de faune.

327-328. Jaspe : masque scénique ; masque scénique imberbe. 2.

329-330. Agate : Hercule debout, incription : VAR. TI; cornaline : Hercule couché sur une peau de lion. 2.

331. Lapis : Hercule étouffant Anthée.

332 à 334. Cornaline : Hercule marchant la massue levée; génie d'Hercule jouant de la trompette; améthyste : Hercule en terme. 3.

335. Nicolo : tête d'Hercule barbu.

336. Onyx : tête d'Hercule jeune.

337. Agate : tête d'Hercule barbu.

338. Agate : déesse égyptienne debout, imitation.

393-340. Calcédoine : l'Espérance marchant; nicolo : deux personnages debout, l'un des deux tient une boule. 2.

341-342. Lapis : Prométhée enchaîné, dévoré par le vautour; cornaline : Psyché marchant et tenant une boîte. 2.

343-344. Cornaline : les Dioscures debout, appuyés sur leur lance; jaspe noir : galère avec des rameurs. 2.

345-346. Nicolo : galère avec des rameurs; cornaline : guerrier prêt à s'armer, tient un casque; à ses pieds, un bouclier. 2.

347-348. Améthyste : Diomède portant la tête de Dolon; cette pierre est brisée en deux; nicolo : guerrier devant le palladium. 2.

349. Cornaline : figure assise, présentant quelque chose à une autre figure sortant à mi-corps d'un grand vase, un chien appuie ses deux pattes de devant sur le vase qui paraît tomber.

350. Cornaline : sept personnes devant un temple, sacrifiant sur un autel allumé.

351-352. Pâte de verre : guerrier armé dans un bige, un chien court à côté; cornaline : guerrier à pied renversé par un cavalier. 2.

353-354. Sardoine : guerrier marchant et portant en avant un grand bouclier; cornaline : guerrier le pied posé sur une pierre dans le champ : L.VE . TT. 2.

355-356. Chrysophase : guerrier armé d'un bouclier et tenant trois flèches, lance une boule en l'air; un autre guerrier est couché; à ses pieds inscription : ALS . LA; cornaline : guerrier nu debout. 2.

357-358. Agate : guerrier tenant une épée; à ses pieds, un casque et un bouclier; lapis : guerrier nu s'appuyant sur un bouclier. 2.

359. Cornaline : guerrier debout appuyé sur sa lance.

360. Cornaline : guerrier nu debout, sacrifiant devant une colonne entourée d'un serpent; au bas, un bélier.

361-362. Prime d'émeraude : guerrier nu appuyé sur son bouclier près d'une colonne; nicolo : homme nu marchant, un bras tendu, l'autre derrière sa tête. 2.

363-364. Calcédoine : un homme nu, une main sur sa lance, l'autre sur son bouclier; nicolo : guerrier avec l'épée et le bouclier. 2.

365-366. Guerrier assis devant une colonne sur laquelle on voit une lampe allumée; figure nue devant un trophée.　　2.

367 à 369. Prime d'émeraude : guerrier debout; jaspe rouge : chasseur tirant de l'arc; cornaline : Méléagre et le sanglier.　　3.

370 à 372. Calcédoine : berger appuyé sur un bâton; jaspe noir : figure sautant sur un poisson ; calcédoine : femme sacrifiant près d'un autel.　　3.

373. Agate : femme nue marchant.

374 à 376. Agate : femme debout; cornaline : femme debout; autre femme debout sur une étoile.　　3-

377-378. Prime d'émeraude : deux figures comiques en face l'une de l'autre; cornaline : un squelette devant un terme, vase, etc.　2.

379-380. Onyx : tête de Sérapis avec le modius; cornaline : tête d'Escu. lape.　　2.

381-382. Calcédoine : tête jeune; prime d'émeraude : tête barbue.

383-384. Agate : tête barbue ; onyx : tête casquée de face, lance et bouclier.　　2.

385-386. Sardoine : tête de femme; cornaline : tête de femme de face, de chaque côté, une tête barbue.　　2.

387-388. Cornaline : tête chauve et barbue de face ; tête d'Adrien.　2.

289. Jaspe sanguin : tête laurée d'empereur romain.

390. Jaspe vert : tête laurée d'empereur romain, Marc Aurèle.

391. Cornaline : tête laurée d'emperenr romain.

392-393. Jaspe jaune : tête d'empereur romain, Commode? jaspe noir : tête jeune.　　2.

394-395. Cornaline : buste de jeune homme; autre.　　2.

396. Lapis : tête d'un empereur romain.

397. Sardoine : tête d'une impératrice romaine.

398-399. Cornaline : tête casquée; lapis : tête d'impératrice avec une couronne radiée.

ABRAXAS, PIERRES GNOSTIQUES, ETC.

400. Homme debout à tête de coq, tenant un fouet et un bouclier; différents caractères. Améthyste.

401 à 403. Jaspe vert, figure à pieds de serpent debout, inscription : ΑΒΡΑCΑΣ; figure à tête d'âne et pieds de serpent, inscription : ΙΑΩ; figure d'âne à tête de coq et pieds de serpents.　　3.

404 à 406. Cornaline : groupe composé de trois têtes, cheval, chèvre et chien; onyx : groupe composé d'une tête d'homme barbu, d'une tête d'éléphant, d'une tête de cygne, d'un poisson, le tout sur des pattes de coq; cornaline : groupe composé d'une tête d'homme, d'une tête de sanglier, de chèvre, d'un chien couché, etc.　　3.

407 à 409. Cornaline : Léda et le cygne; jaspe noir : tête barbue sur des pattes d'oiseau; au-dessus, buste de cheval ΙΩ; cornaline : tête humaine sur un corps de coq, la coiffure formée par une tête de bouc;　　3.

410-411. Cornaline brûlée : deux hommes barbus assis; cornaline : scarabée sans légende.　　2.

412. Cachet assyrien. Agate : bouc debout.

413 à 415. Calcédoine, jaspe et cornaline : bœuf couché, veau debout, tête de veau, cachets assyriens.　　3.

416-417. Jaspe : cheval mangeant les feuilles d'un palmier; sardoine : bœuf marchant, au-dessus étoile.　　2.

418-419. Agate rubannée : vache allaitant son veau; sardoine : bœuf marchant.　　2.

420-421. Nicolo : vache allaitant un veau; améthyste : chèvre sautant par-dessus une barrière.　　2.

422 à 424. Nicolo : chien couché; onyx : chien courant; Nicolo : truie
    debout. 3.

425 à 427. Cornaline : sanglier courant; jaspe foncé : lion; nicolo :
    lion. 3.

428 à 430. Améthyste : lion; jaspe : capricorne avec corne d'abondance;
    nicolo : capricorne. 3.

431 à 433. Onyx : aigle entre deux enseignes militaires; nicolo : aigle dé-
    vorant un lièvre; deux aigles se battant. 3.

434 à 436. Calcédoine : cygne devant un cippe; cygne debout; agate :
    cigogne mangeant un roseau. 3.

437 à 439. Cornaline : cigogne mangeant une sauterelle; cigogne debout;
    nicolo : pigeon traîné dans un char par un perroquet. 3.

440 à 442. Onyx : sauterelle sur une feuille; héliotrope, abeille; jaspe,
    scorpion. 3.

PIERRES ÉPIGRAPHIQUES

Fleurs, Vases et Ornements divers

443 à 445. Nicolo : *Corinthus* entre une palme et une couronne; inscrip-
    tion *ac. ti*; jade : inscription ΛΛΕΞΑΝ. 3.

446 à 448. Lapis : V et étoile; grenat : fleur du lotus; cornaline :
    fleur. 3.

449 à 451. Améthyste : feuille de vigne et les lettres L. C; nicolo : vase à
    deux anses d'où sortent trois épis; cornaline : vase sans anse d'où
    sortent des fleurs. 3.

452-453. Cornaline : fleur et les lettres P. V.; onyx : char, fleurs
    oiseau, etc., en relief. 2.

454-455. Calcédoine : deux oiseaux, pâte, ornements étrusques. 2.

PIERRES GRAVÉES EN CREUX
(sujets d'après l'antique)

456 457. Jaspe : momie égyptienne, dans le champ, caractères; sardoine : Hébé versant à boire à Jupiter.   2

458. Calcédoine, pâte : Ganymède enlevé par l'aigle.

459. Agate rubannée : Minerve debout.

460. Agate : Vénus couronnée par Mars. Haut., 66 mil.

461. Cornaline : Victoire ailée tenant un bouclier. Haut. 36 mil.

462. Cornaline : Victoire ailée tenant un rameau.

463. Prime d'émeraude : Victoire écrivant sur un bouclier.

464. Améthyste : Victoire jouant du buccin.

465. Sardoine : Neptune traîné par deux chevaux marins.

466. Jaspe vert · Neptune sur son char, traîné par deux chevaux marins. Haut. 66 mil.

467. Agate : Néréide sur un cheval marin.

468. Jaspe noir : Némésis debout, à ses pieds un serpent.

469. Onyx : les trois Grâces.

470. Cornaline : l'Espérance debout.

471. Sardoine : Ariadne couchée, Bacchus debout et Marsyas attaché à un arbre.

472. Jaspe : tête de vieillard de face.

473. Calcédoine : danse bachique composée de cinq personnages.

474. Cornaline : deux génies ailés jouant avec un chien.

475. Calcédoine : scène bachique, trois personnages.

476. Jaspe : femme jouant de la double flûte, précédée par un petit génie tenant un flambeau.

477. Jaspe rouge : Hercule portant un taureau.

478. Calcédoine : jeune femme offrant des pavots à un jeune homme, deux figures nues, cueille les pavots. Haut. 35 mil.

479. Sardoine : Bacchus, Vulcain et une panthère courant. Haut. 39 mil.

480. Jaspe : jeune pâtre marchant. Haut. 35 mil.

481. Sardoine : scène entre un jeune homme et une jeune fille.

482. Têtes en regard de Sérapis et d'Isis, pâte de Wegwood.

483. Calcédoine : tête casquée de Minerve, dessous un foudre. Haut. 36 mil.

484. Calcédoine : tête casquée de Minerve, sur le casque la louve, sur le bouclier un cheval.

485. Calcédoine : tête barbue casquée, avec une lance et un bouclier. Haut. 44 mil.

486. Cornaline : tête de Mercure avec le pétase.

487. Pâte de verre : tête de Diane, ℟. Jeune fille debout près d'un autel.

488. Onyx : tête de Pâris avec le bonnet phrygien. 33 mil.

489. Agate : trois déesses dans un char conduit par deux centaures et couronnées par la Victoire. 50 mil.

490. Agate : tête de Laocoon.

491. Calcédoine : Tête barbue diadémée. 53 mil.

492. Serpentine : une tête imberbe de chaque côté. 40 mil.

493-494. Cornaline : tête imberbe de face, dessous ΜΕΝΑΝΔΡΟΣ ; tête imberbe avec la stéphané.   2.

495-496. Cornaline : tête barbue de face ; buste de Génie ailé portant des fleurs.   2.

497. Jaspe : tête imberbe.

498. Jaspe : têtes d'homme et de femme accolées ; la tête de l'homme est diadémée ; au revers, un scorpion. 26 mil.

499. Calcédoine : tête d'Antonin.

500-501. Jaspe : tête d'empereur romain; calcédoine : tête d'empereur
romain, Vespasien?   2.

502-503. Agate : tête d'un Romain, Sénèque? calcédoine : tête de
femme.   2.

504. Lapis : bœuf debout.

505-506. Sardoine : lion couché; onyx : lion couché.   2.

507-508. Jaspe vert : deux animaux fantastiques à quatre pattes et corps
d'oiseau; onyx : dauphin nageant entouré de poissons.   2.

509-510. Lapis : trois poissons au-dessus l'un de l'autre; cornaline : légende barbare.   2.

511 à 514. Cornaline, turquoise, calcédoine, jaspe, avec des inscriptions
arabes.   4.

SUJETS

de l'Ancien et Nouveau Testament (sujets modernes)

515. Onyx : Moïse recevant la loi sur le mont Sinaï. 44 mil.

516. Jaspe sanguin : le serpent de Moïse sur une potence, au-dessous
quatre personnages; au revers, deux femmes au pied de la
croix.

517. Onyx : David debout tenant la tête de Goliath. 45 mil.

518-519. Le Christ sur la croix. Calcédoine : la Vierge tenant l'enfant
Jésus.   2.

520-521. Pâte : buste nimbé d'un saint du XIIᵉ siècle, 35 mil.; serpentine :
tête du Christ, 54 mil.   2.

522-523. Onyx : tête d'apôtre; calcédoine : tête de femme, les regards
vers le ciel.   2.

524-525. Crisophase : buste d'un guerrier barbu; cornaline : tête de
Louis XIV jeune.   2.

526-527. Calcédoine : tête de femme à longs cheveux; topaze : chevreuil
défendant son petit attaqué par un loup.   2.

528-529. Cornaline, jaspe vert : écusson avec armes de famille.   2.

CAMÉES ANTIQUES

et CAMÉES à sujets antiques

530. Onyx à deux couches : Vénus assise sur un tronc d'arbre, près d'elle
Éros devant un autel allumé.

531-532. Onyx : femme assise, à côté d'elle un bouclier; onyx à deux
couches : Orphée avec sa lyre apprivoise les animaux.   2.

533. Onyx à deux couches : Mnémosyne appuyée sur une colonne.

534 à 536. Éros debout, Éros avec un chien, torse d'un jeune homme.   3.

537. Onyx à deux couches : les adieux d'un mourant devant un temple,
quatre personnages dont un tient un cheval. 72 mil.

538. Onyx à deux couches : quatre personnages et un génie ailé devant
une table remplie de mets.

539. Basalte noir : tête assyrienne coiffée d'un bonnet rond. 84 mil.

540. Onyx à deux couches : tête de Jupiter-Sérapis avec le modius.
46 mil.

541. Onyx à trois couches : tête barbue de Jupiter.

542. Calcédoine : buste de Junon. 47 mil.

543-544. Onyx à deux couches : tête d'un guerrier avec son bouclier;
tête laurée d'Apollon.   2.

545. Jaspe : tête de Pan, de face.

546. Onyx à deux couches : tête de Pan. Haut-relief.

547. Améthyste : tête de faune.

548. Onyx à deux couches : tête d'Ariadne.

549. Pâte bleue : tête d'Hercule jeune.

550-551. Onyx à deux couches : tête jeune; tête jeune ailée.   2.

552-553. Onyx : tête barbue avec un bonnet rond; tête barbue.   2.

554 à 556. Onyx à deux couches : tête d'homme, de face.   3.

557 à 560. Onyx à deux et trois couches : tête de femme.   4.

561 à 568. Onyx à deux et trois couches : têtes différentes, toutes de très-petite dimension.   8.

569. Calcédoine : buste d'un empereur romain en ronde bosse, ébauche.

570-571. Onyx à deux couches : tête d'empereur romain.   2.

572 à 574. Onyx à deux couches : tête chauve d'un personnage romain; pâte : tête d'aigle; onyx à deux couches : un lion et deux lionnes.   3.

575-576. Onyx à deux couches : deux lionnes; deux dromadaires.   2.

577. Onyx à deux couches : lièvre couché.

578. Pierre noire : phallus dans une couronne.

CAMÉES DEPUIS LA RENAISSANCE

(sujets antiques)

579. Onyx à trois couches : figure ailée debout, casquée, la peau du lion sur les épaules, tenant une massue et un miroir. Girometti.

580. Onyx à deux couches : Vénus dans la pose de la Vénus de Médicis.

581. Onyx à deux couches : néréide jouant du buccin.

582-583. Onyx à deux couches : triton portant une branche de corail; Uranie assise.   2.

584-585. Onyx à deux couches : Mnémosyne debout, un doigt sur sa bouche; Esculape debout.   2.

586. Sardoine : tête casquée de femme.

587. Onyx à deux couches : Hercule au repos, dans l'attitude de l'Hercule
Farnèse.

588-589. Onyx à deux couches : Hercule sur une boule, portant le globe
céleste ; guerrier devant une colonne, se chaussant.   2.

590. Jaspe vert : l'Espérance marchant ; brisée.

591. Onyx à deux couches : femme romaine, avec une longue toge.

592-293. Onyx à deux couches : une femme à genoux est relevée par une
femme nue debout ; jaspe : femme nue debout.   2.

594 à 596. Onyx à deux couches : tête de Jupiter de face ; cornaline : tête
casquée de Minerve ; onyx à deux couches : tête de Minerve.   3.

597. Onyx à deux couches : Eros tenant un caducée, dans un char traîné
par deux lions.

598-599. Onyx à deux couches : tête barbue avec le piléus ; jaspe jaune :
tête de Mercure avec le pétase ailé.   2.

600. Pierre à deux couches : tête d'Apollon.

601. Agate : tête d'Apollon, 39 mil.

602. Onyx à deux couches : buste d'Hygie tenant le serpent.

603. Calcédoine : buste de Vesta, haut-relief.

604. Lapis : buste de Vesta voilée.

605. Jaspe sanguin : buste de Vesta voilée.

606. Onyx à deux couches : tête barbue d'un roi avec la stéphané, peut-
être Bacchus.

607. Onyx à trois couches : tête de bacchante couronnée avec des feuilles
de vigne.   2.

608-609. Onyx à deux couches : malachite : tête de bacchante.   2.

610-611. Onyx à deux couches : tête de bacchante couronnée de feuilles
de vigne ; malachite : tête d'un génie bachique.   2.

612. Cornaline : masque barbu de face ; ℞ deux satyres, l'un joue de la
double flûte et l'autre se verse à boire.   2.

613-614. Onyx à trois et à quatre couches : tête d'Hercule coiffée de la
peau de lion.   2.

615-616. Onyx à deux couches : tête d'Hercule barbu ; tête d'Omphale. 2.

617. Jaspe rouge : tête de Méduse, la chevelure formée par des serpents

618. Cristal de roche : tête de Méduse ailée de face.

619-620. Lave : tête de face de Méduse ; onyx à trois couches : tête voilée de femme.   2.

621-622. Onyx à trois couches : tête de Ménélas ; tête d'Ulysse.   2.

623-624. Onyx à deux couches : tête d'un grand-prêtre, peut-être Calchas ; tête d'un guerrier casqué et barbu.   2.

625-626. Cornaline : tête d'un guerrier casqué et barbu ; onyx à deux couches : tête de Pâris.   2.

627-628. Onyx à deux couches : tête d'un vieux faune couronné de lierre ; quatre têtes affrontées, deux barbues et deux imberbes.   2.

629-630. Onyx à deux couches : quatre têtes comme la précédente ; têtes accolées de Périclès et d'Aspasie.   2.

631-632. Onyx à deux couches ; têtes accolées de Périclès et d'Aspasie ; tête imberbe, Démosthène?   2.

633-624. Onyx : tête d'un roi barbare ; tête de Mithridate Ier, Arsace VII. 2.

635. Jaspe sanguin : tête d'un philosophe chauve et barbu.

636. Onyx à deux couches : tête d'un roi grec.

637-638. Jaspe d'Égypte : buste de femme ; onyx à deux couches : tête de Jules César.   2.

639-640. Onyx à deux couches : buste d'empereur romain.   2.

641. Onyx à deux couches : buste d'Antinous.

SUJETS CHRÉTIENS & MODERNES

642-643. Onyx à trois couches : la Nativité de Jésus-Christ ; onyx à deux couches : saint Jérôme dans sa grotte.   2.

644. Améthyste : chasse à l'ours ; pierre cassée.

645-646. Lépidolitho : buste du Christ avec la couronne d'épines ; jaspe vert : buste de la Vierge, ℞ buste en creux du Christ avec INRI 2

647 à 650. Cornaline, onyx : têtes d'anges.   4.

651 à 654. Onyx : tête de saint Jérôme ; tête de femme ; tête de Michel-
Ange ; pâte : tête de moine chantant.   4.

655 à 657. Pâte : tête d'Innocent XI, INNOCEN. XI PONT. MAX.; coquille :
tête de femme ; tête de femme voilée.   3.

658. Pâte : portrait d'homme ; au revers : *Guil Forellus Gallus theol religionis
Christ instaurator*.

659 à 662. Onyx à deux couches : portraits d'hommes.   4.

663. Onyx à deux couches : portrait de Gœthe, 44 mil.

664. Pâte : portrait de femme, 1737 ; R/ *Louise Françoise de Devron*.

665 à 668. Onyx à deux couches et une pâte : portraits de femmes.   4.

669. Onyx à deux couches : tête de femme.

670. Améthyste : cerf couché près d'un arbre.

671 à 673. Onyx à deux couches : ours marchant ; phénix dans les flammes,
et serpent replié en forme de nœud.   3.

APPENDICE
aux Pierres gravées antiques

674. Lapis : buste d'Isis, très-belle ronde bosse, mais douteuse.

675-676. Buste de Minerve ; tête de Méduse.   2.

677-678. Onyx à trois couches : tête de femme ; jaspe rouge : intaille,
Mercure nu debout, à ses pieds un coq.   2.

679-680. Onyx à deux couches : tête nue imberbe de jeune homme ; cornaline brûlée : intaille ; Mars debout.   2.

681. Cornaline : Buste du dieu Risus.

682. Turquoise : petit génie bachique sur un bouc.

683 à 685. Cornaline : tête de jeune homme, intaille ; onyx : tête de jeune
femme ; sardoine : tête d'enfant de face.   3.

686. Onyx à deux couches : scène de la guerre de Troie ; beau camée, 82 mil.

687-688. Onyx à trois couches, jaspe vert : tête de femme.   2.

689-690. Onyx à trois et à deux couches : tête de femme ; tête de Vitellius.   2.

691. Scarabée en cornaline : guerrier avec un casque, une lance et un bouclier.

692 à 694. Onyx : tête de Caracalla ; cornaline : tête de Macrin ; pâte : colombe.   3.

695. Cornaline : spintrienne.

696-697. Onyx à deux couches, cassée : scène mystique, six personnages ; buste de Minerve.   2.

698-699. Onyx à deux et à trois couches : tête de Pertinax ; tête de vieillard.   2.

700 à 702. Lapis : tête de vieillard ; onyx : tête de faune ; tête de femme. 3.

703 à 716. Différents objets égyptiens en pierre, pâte et verre, tels que colliers, coussinets, nilomètre, etc.   18.

717 à 726. Colliers en pâte, verre, ambre, vase, bois peint, etc., égyptiens.   10.

727 à 735. Une perle en verre bleu et dessins blancs, une grenouille, tête mexicaine en jade, statuette mexicaine en jade, lion couché indien, calcédoine : animal fantastique, etc.   9.

736 à 742. Plaque de marbre, 110 mil., deux cavaliers combattant et d'autres figures, sujet persan, tête de lion, tête d'homme, bœuf bossu, phallus en corail, masque en cristal de roche, etc.   7.

743 à 752. Anse de vase en verre, collier en verre émaillé, une jambe en os, trouvée dans les catacombes de Rome ; malachite, sardoine, etc.   8.

753 à 757. Bas-relief en os, 100 mil., scène bachique, manche de poignard en jade, incrusté en argent, torse du Christ en corail, fragment de bague en corail, etc.   7.

OBJETS D'ART & DE CURIOSITÉ

ORFÉVRERIE

758 — Belle et large chaîne en argent ciselé et doré à maillons ovales et enrichie de belles plaques fiiligranées rehaussées de rosaces émaillées. XVIe siècle.

759 — Agrafe de manteau formée de chaînes et de maillons enrichis de médaillons portant des armoiries ciselées. Travail allemand du XVIIe siècle.

760 — Agrafe analogue à celle qui précède, mais moins large. Même travail.

761 — Jolie ceinture de dame, en argent massif, à maillons ornés reliés par des médaillons et un fermoir formé de groupes de fleurs. Elle est accompagnée d'une gaîne en argent finement ciselé et doré à figures de femmes jouant de divers instruments, mascarons et 'ornements, et renfermant deux couteaux et un poinçon dont les manches

sont garnis en argent ciselé et doré. Ouvrage allemand très-soigné, de la fin du xvie siècle.

762 — Gobelet sur piédouche, en argent repoussé et doré, à rinceaux et groupes de fruits. Travail allemand du temps de Louis XIII.

763 — Sucrier en cristal taillé, diamanté, avec plateau et couvercle en argent garni d'appliques en nacre de perle

764 — Grande fontaine à thé, en trois parties, en argent repoussé et ciselé, à ornements rocaillés. Epoque Louis XV.

Haut., 40 cent.

765 — Pomme de canne en forme de buste de femme en costume Louis XVI, en cuivre finement ciselé et argenté.

766 — Deux paires de mouchettes avec plateaux en cuivre argenté.

767 — Flacon Louis XV, en argent repoussé et doré, modèle rocaille.

768 — Petit panier pour laine à tricoter, de forme sphérique, à anse, en filigrane d'argent.

769 — Deux grands flambeaux Louis XVI, en plaqué, ornés de têtes de béliers et de festons de lauriers.

770 — Deux flambeaux en argent, à colonnes cannelées et
guirlandes de lauriers ciselées. Travail allemand,
Louis XVI.

771 — Deux autres flambeaux en argent de forme analogue
à ceux qui précèdent.

772 — Deux paires de petits flambeaux en plaqué, à festons
de feuilles de chêne, en relief.

773 — Boîte oblongue en cuivre gravé à figures et ornements;
le couvercle et le fond ouvrent à coulisse et renferment
des appliques en argent gravé à sujets dans le style de
Téniers. Travail flamand du xviiᵉ siècle.

774 — Pipe très-curieuse en buis avec couvercle en argent,
en forme de couronne et appliques en argent, disposée
pour huit fumeurs et accompagnée des tuyaux nécessai-
res. xviiiᵉ siècle.

775 — Grand vidrecome à couvercle en argent repoussé à
ornements et médaillons, sujets religieux. Il porte les
noms: Herz, Johann, Ansorge, anno 1776 et Judith An-
sorgin. Le couvercle porte une longue inscription à l'intérieur. Travail allemand. xviiiᵉ siècle.

BIJOUX

776 — Beau coffret en écaille de l'Inde, posé d'or, à paysages et ornements. Il renferme quatre flacons en verre avec bouchons de même travail et un œuf formant bonbonnière aussi en écaille posée d'or. Travail napolitain. Pièce rare.

777 — Belle bague juive en filigrane d'or, enrichie de parties émaillées et surmontée d'un petit toit ouvrant, émaillé bleu. XVIe siècle.

778 — Autre belle bague juive en or, portant en relief des inscriptions hébraïques émaillées. Elle est surmontée d'un petit clocheton repercé à jour. XVIe siècle.

779 — Bague d'or antique avec intaille sur agate à deux couches : bœuf paissant.

780 — Petite colonne cannelée en corail, avec embase et chapiteau en or. Cette pièce est destinée à être suspendue.

781 — Épingle formée d'un buste de négrillon, en agate à plusieurs couches, avec monture enrichie de rubis et de perles fines.

782 — Petite broche en forme de cœur, en or et rubis.

783 — Petite croix en argent émaillé, contenant un Christ en
bois sculpté. Travail gréco-russe.

784 — Quatre petits animaux en argent très-finement ciselé :
pélican, mouton et deux lézards. Ces deux derniers datent
du xvie siècle.

785 — Deux pièces en cristal de roche, montées en filigrane
d'argent et pierreries : petit vase sur piédouche et petite
boîte ronde.

786 — Médaillon ovale en filigrane d'argent, présentant sur
une de ses faces une miniature sur vélin, Sainte-Famille,
et sur l'autre un dessin à la plume : l'Annonciation. Époque Louis XIII.

787. — Coupe de forme allongée et à lobes en cristal de roche
gravé, et garnie d'une monture à ceps de vigne et anses
serpents en argent doré.

788 — Flambeau, forme d'une colonne torse en cristal de
roche sur socle en spathfluor.

789 — Cachet modèle vase en cristal de roche.

790 — Autre cachet modèle vase en cristal de roche
enfumé.

791 — Trois châtelaines en acier, dont une ornée de médaillons en biscuit de Sèvres.

792 — Deux pièces : étui porte-ciseaux émaillé à fond bleu
et lunettes avec branches à rallonges.

793 — Trois pièces : plaque forme cœur en cristal de roche,
tête de Méduse en verre antique et breloque en cuivre
doré.

794 — Camée sur calcédoine à deux couches : buste de saint
Jérôme.

795 — Deux pièces : médaillon en ambre, monté en argent
doré, offrant en relief les bustes d'Otto II et d'Otto III et
sceau en pierre lithographique gravé sur ses deux faces.

796 — Dix-sept petites plaques en biscuit de Wedgwood et
autres dont neuf provenant de boutons d'habits.

797 — Petit amorçoir en ambre sculpté à figures.

798 — Etui en ancienne porcelaine de Saxe, décoré de figures de femmes et d'amours en couleurs sur fond d'or.
Garniture en argent doré.

799 — Eventail Louis XV, avec monture en nacre de perle
sculpté, rehaussée d'or et feuille représentant un sujet
champêtre dans le style de Boucher.

800 — Etui en vernis de Martin, décoré de sujets dans le
style de Greuze.

801 — Autre étui en vernis de Martin décoré de figures d'amours en camaïeu sur fond jaune.

802 — Etui en porcelaine de Saxe, décoré de fleurs.

803 — Deux étuis : l'un en émail de Saxe, décoré de fleurs sur fond jaune; l'autre en nacre de perle à fleurs gravées et dorées.

804 — Deux étuis ouvrant à charnière : l'un en argent gravé l'autre en écaille incrustée d'argent.

805 — Deux petits étuis en verre.

806 — Deux pièces : étui en cuivre gravé et doré et manche de couteau en porcelaine à figures et ornements en relief dorés.

807 — Petit poignard à manche en jaspe-agate et garde en cuivre doré.

808 — Autre poignard avec poignée en argent; garniture et fourreau en cuivre gravé.

809 — Amorçoir en corne garni en cuivre repoussé.

810 — Pomme de canne en ancienne porcelaine d'Allemagne décorée de fleurs et de quadrillages bleus.

3

811 — Camée sur agate-onyx à deux couches; tête de guerrier casqué, monté en bague.

812 — Trois pièces : deux éventails dont un en ivoire avec feuille peinte à l'encre de Chine, l'autre en corne avec feuille brodée à paillettes et carnet en nacre de perle gravé et doré.

813 — Deux pièces : croix incrustée de nacre de perle gravée, garnie en cuivre et chausse-pieds en nacre de perle sculptée.

814 — Petit coffret oblong en cuivre gravé à animaux et rinceaux avec serrure en acier bleui fermant à quatre pênes. XVIᵉ siècle.

815 — Petit réveil en cuivre poli.

816 — Batterie de fusil en acier finement gravé, portant le nom de Giuseppe Console. Dans une boîte en bois.

817 — Jolie peinture sur émail par Petitot; portrait du roi Louis XIV vu de trois quarts. Dans un cadre ovale à réverbère en or avec filets d'émail bleu.

818 — Petite bonbonnière ovale en argent ornée d'une peinture sur émail en grisaille sur fond brun représentant des jeux d'amours. Epoque Louis XVI.

819 — Deux petits émaux ronds peints en camaïeu rouge,
représentant un groupe de deux figures et un satyre luti-
nant un Amour. Même époque.

820 — Deux peintures sur émail et sur or de forme carré
long. Travail de Genève.

821 — Deux petits médaillons ovales peints sur émail en grisaille sur fond rose représentant des sujets allégoriqués.
Epoque Louis XV.

822 — Petite plaque d'émail représentant un écusson armorié.

823 — Jolie plaque de forme carré long en argent repoussé
représentant la Crèche. xviie siècle.

824 — Boîte à mouches, en écaille posée d'or et d'argent et
montée à gorge à charnière en argent.

825 — Etui de même travail, renfermant un flacon et divers
ustensiles, garni en argent.

826 — Deux boîtes rondes en écaille posée d'or.

827 — Petite boîte ronde, en nacre, à fleurs et oiseaux bur-
gautés, montée en argent.

828 — Deux boîtes en posé d'or ; l'une ornée d'une rose peinte
sur émail.

829 — Deux drageoirs en écaille avec applications d'ornements en relief en argent.

830 — Deux boîtes en écaille, garnies en argent repoussé.

831 — Deux petites boîtes en argent, dont une de forme très-
plate.

832 — Deux boîtes, dont une très-petite en argent doré et
une autre en agate garnie en argent.

833 — Boîte ovale en cuivre ciselé et doré.

834 — Boîte formée d'une coquille gravée à trophées d'armes et ornements et portant sur le couvercle trois figures
d'enfants, supposés être les enfants de Marie-Thérèse d'Autriche. Un écusson placé au-dessus du groupe principal
porte les initiales M. T. Garniture en argent.

835 — Boîte de forme oblongue en verre gravé à figures et
paysages. Monture en cuivre doré.

836 — Boîte oblongue, formée de plaques en dents molaires
d'éléphants. Monture à cage en argent gravé.

837 — Coffret et étui en nacre de perle, garnis en cuivre.

838 — Boîte ronde en écaille, sculptée à figures dans des paysages.

829 — Deux autres boîtes : l'une de forme ovale en brunswick, décorée d'une kermesse d'après Téniers ; l'autre en poudre d'écaille ornée d'une miniature.

840 — Quatre tabatières en écaille ornées de miniatures.

841 — Boîte ronde en écaille blonde, galonnée et incrustée d'or et ornée d'une miniature : Hercule filant aux pieds d'Omphale.

842 — Boîte ronde en écaille, montée en cuivre, ornée de deux miniatures : Vénus et Amour.

GRÈS & FAIENCES

843 — Beau pot à anse de forme surbaissée en terre émaillée de Munich à bustes et sujets de chasse en relief en couleurs et or. XVIIe siècle.

844 — Cruche en terre émaillée de Munich à palmettes et fleurs en couleurs sur fond brun ; elle porte les armoiries de Saxe. L'anse est en étain.

845 — Deux pots à tabac de mêmes style et décor, garnis en
étain. *

846 — Petit pot à tabac et petite cruche en grès émaillé gris
et bleu. Le pot à tabac porte des armoiries en relief.

847 — Deux petits pots à anse en faïence allemande garnis
en étain.

848 — Trois petits pots en grès émaillé, l'un d'eux garni
d'étain.

849 — Petit plat rond en faïence italienne décoré en couleurs
représentant un groupe de personnages faisant de la mu-
sique.

850 — Belle pipe turque en terre rouge et or avec long tuyau
garni d'un beau bouquin d'ambre et parties émaillées.
Étui en étoffe de soie brodée.

851 — Deux cornets en ancienne faïence de Delft à fond jaune
et médaillons de fleurs de style chinois.

852 — Deux vases de forme ovoïde en ancienne faïence de
Castel-Durante décorés de rinceaux en couleurs et de médaillons bustes. XVIᵉ siècle.

853 — Plaque en faïence à figures émaillées en relief représentant la Visitation. Cadre en bois sculpté et
doré.

854 — Les douze Apôtres; figurines en porcelaine de Hœchst,
près Mayence.

PORCELAINES

855 — Sucrier avec plateau, en ancienne porcelaine de Chine,
décoré de fleurs et d'ornements en émaux de la famille
verte. Monture en cuivre doré.

856 — Flambeau modèle colonne en ancienne porcelaine de
Saxe, décoré de fleurs d'insectes et d'oiseaux en couleurs.

857 — Vase en biscuit de porcelaine anglaise à figures
et ornements réservés en blanc sur fond bleu.

858 — Figurine d'amour en porcelaine blanche de Saxe,
montée sur socle rocaille en bronze garni de branches
de fleurs avec fleurettes de porcelaine et d'émail.

859 — Trois pièces en ancienne porcelaine d'Allemagne
décorées de figures : théière, pot à crème et sucrier.

860 — Deux petits vases en faïence décorés de fleurs.

861 — Deux couteaux et deux fourchettes à manches en
porcelaine de Saxe, à décor en camaïeu bleu.

862 — Deux coupes sur piédouche d'après l'antique en ancien
biscuit de porcelaine de Vienne.

863 — Presse-papier en forme de main de femme en porcelaine blanche de Vienne.

864 — Deux petits vases de forme ovoïde à anses têtes de
béliers et socles ornés de draperies, en biscuit de porcelaine
blanche.

865 — Vase de forme ovoïde à couvercle et à deux anses têtes
de satyres en biscuit de porcelaine.

866 — Bourdaloue en ancienne porcelaine de Sèvres pâte
tendre, décoré de rubans gros bleu, rehaussé d'ornements
d'or et de festons de fleurs émaillées en couleurs. Belle
qualité du temps de Louis XV.

867 — Joli porte-huilier avec flacons en ancienne porcelaine
de Saxe décorée de festons de fleurs émaillées en couleurs.
Belle qualité.

868 — Six tasses hautes à anses, une cafetière et un plateau
creux en ancienne porcelaine de Vienne décoré de
fleurs.

869 — Deux tasses en porcelaine de Capo di Monte à sujets en
relief émaillés en couleurs.

870 — Trois petits vases en biscuit de Vienne dont un à tête de Méduse en relief et les deux autres modèle tulipe.

871 — Deux petits vases en porcelaine blanche de Vienne sur pieds élevés.

872 — ucrier avec plateau en biscuit de Wedgwood décoré de figures en relief réservées en blanc sur fond bleu.

873 — Quatre pièces : boîte à thé décorée de figures d'animaux et tasse mignonnette avec deux soucoupes et pot à crème en vieux Vienne.

874 — Deux pièces : sucrier ovale en biscuit noir de Turner et cafetière en terre jaunâtre à ornements en relief.

875. — Deux pièces ; tasse droite à couvercle en vieux Saxe, fond rose à sujets chinois en camaïeu et or et compotier en porcelaine de Frankenthal.

876 — Trois petites pièces en porcelaine de Saxe ; pipe décorée de fleurs et deux petits chiens, l'un deux forman flacon.

877 — Trois pièces en porcelaine de Chine ; assiette à fleurs émaillées ; tasse avec soucoupe et petit broc.

VERRERIE

878 — Beau flambeau à large base en verre opalin de
Venise.

879 — Sonnette en verre opale de Venise.

880 — Deux petits vases sur socles carrés en verre incolore à
ornements rapportés en relief et surmontés de bouquets
de fleurs en émaux de couleur.

881 — Cinq petits vases à fleurs, en verre blanc décoré de
fleurs émaillées.

882 — Vase en verre, à couvercle, très-finement gravé à figures d'enfants et branches de vigne. Le bouton du couvercle est en or émaillé à rinceaux en relief sur fond bleu
et l'attache intérieure, offre un écusson armorié aussi
émaillé sur or. XVIIᵉ siècle.

883 — Deux vidrecomes en verre violet de Venise, enrichi de
rosaces en relief avec pois d'émail bleu turquoise.

884 — Secchia à anse mobile en verre incolore et bord émaillé
bleu.

885 — Deux pièces : flacon en verre violet de forme sphérique et petit verre de Bohême à feuillages dorés.

886 — Très-grand verre à pied, décoré de peintures et d'or
représentant les armes de Prusse, le buste d'un roi de
Prusse, des fleurs et des ornements. *Verre dit de* Hohen-
zollern.

Haut., 43 cent.

887 — Verre à panse sphérique en verre bleu de Venise avec
résille saillante.

888 — Coupe ronde sur piédouche en verre incolore de Venise à côtes en spirale et bords émaillés bleu.

889 — Grand vase à goulot en verre incolore.

890 — Lampe en verre émaillé. Imitation moderne des lam-
pes arabes du XVe siècle.

891 — Deux girandoles à douze lumières chacune, garnies de
cristaux et montées en bronze doré.

892 — Bouteille en verre bleu à panse sphérique offrant des
arêtes en relief et bouteille sans anse, en verre vert, modèle à côtes.

893 — Buire en verre de Venise incolore, à anse.

894 — Quatre verres à vin du Rhin, en verre vert, pied à côtes
et rosaces en relief.

895 — Coupe ovale en verre craquelé.

896 — Coupe de même forme en verre allemand incolore à côtes.

897 — Verre à boire, modèle à pans, en verre de Bohême, décoré de figures, d'arabesques et d'ornements en camaïeu noir et or.

898 — Deux plateaux ronds et festonnés en verre bleu de Venise.

899 — Petit plat creux en verre de Venise à bord décoré d'une bande d'ornements à points d'émail sur fond d'or.

VITRAUX

900 — Six vitraux représentant des armoiries et des anges encensant. Ils seront vendus par deux.

MINIATURES

901 — Miniature ovale à l'huile sur cuivre : portrait de femme en riche costume flamand du xvie siècle.

902 — Miniature ovale à l'huile sur cuivre : portrait de
femme vue de trois quarts ; costume noir, large colle-
rette blanche. XVIe siècle.

903 — Deux miniatures ovales à l'huile sur cuivre représentant la Salutation angélique ; les têtes se détachent en
couleurs sur fond d'or. Ouvrage italien du XVIe siècle.

904 — Miniature ovale sur cuivre : portrait de Charles VI
d'Espagne, avec perruque à rallonges et chapeau noir
garni de plumes rouges.

905 — Deux miniatures ovales sur cuivre : portraits d'hommes ; l'un d'eux en costume de l'époque de la guerre de
Trente ans.

906 — Deux autres miniatures ovales à l'huile sur cuivre :
portraits d'hommes.

907 — Deux autres miniatures analogues.

908 — Miniature ovale sur cuivre : portrait de jeune femme.
Ecole espagnole.

909 — Miniature ovale à l'huile sur cuivre : portrait de jeune
abbé. Ecole hollandaise. Dans un cadre en cuivre repoussé.

910 — Deux miniatures représentant des sujets religieux ;

l'une d'elles à double face est montée dans un cadre en cuivre gravé repercé à jour.

911 — Deux miniatures rondes sur ivoire : portraits de femmes en costumes Louis XVI.

912 — Miniature ronde sur ivoire représentant dix portraits de membres de l'ancienne famille royale de Bavière, signée MAYR, 1825.

913 — Miniature ronde sur ivoire, signée aussi MAYR, 1831, représentant quatre portraits de membres de la famille royale de Bavière.

914 — Miniature ronde sur ivoire d'après Fragonard : le Verrou.

915 — Quatre miniatures ovales dans des cadres en cuivre repoussé représentant divers sujets parmi lesquels se trouve le portrait du grand Frédéric.

916 — Deux miniatures : l'une sur ivoire représente une jeune fille et un mouton en grisaille; l'autre, un sujet de chasse.

917 — Deux miniatures : portrait de Joseph II d'Autriche et de l'empereur Napoléon Ier.

918 — Deux miniatures ovales à l'huile sur cuivre : portraits d'hommes en costumes Louis XIII et Louis XIV.

919 — Deux miniatures sur ivoire : tête de **Jules César** et
portrait d'homme dans un étui en galuchat.

920 — Grand et beau dessin à la mine de plomb signé
AF. NEYERS, 1680, et représentant la ville d'Anvers. Au
premier plan, nombre de figures et cavaliers.

921 — Miniature gouachée par Guillaume Bauer représentant
le baptême de saint Jean.

922 — Miniature sur vélin signée Passano : groupe de deux
figures.

923 — Miniature gouachée sur vélin : paysage, scène d'incen-
die en hiver. XVIIe siècle ; cadre en cuivre.

924 — Quatre miniatures ovales sur vélin, par Hœfnagel :
animaux divers et oiseaux. Dans des cadres carrés en
bois sculpté.

925 — Autre miniature, par le même : paysage dans un médaillon soutenu par des figures de singes. Cadre carré en
bois sculpté.

926 — Miniature carrée sur ivoire représentant diverses figures et animaux de l'Afrique. Cadre en bois sculpté.

927 — Grande miniature carrée sur vélin, par Hœfnagel, représentant dans un médaillon Vénus et l'Amour, ainsi

que des fleurs et des animaux. Cadre en bois sculpté et doré.

928 — Pastel ovale : portrait supposé de Mozart jeune; il est vu à mi-corps et touche du clavecin. Cadre doré.

929 — Gravure collée sur toile représentant le jugement dernier d'après Michel-Ange.

930 — Grande miniature carrée sur ivoire : Judith mettant la tête d'Holopherne dans le sac. Composition de deux figures. XVIIIe siècle.

931 — Autre miniature carrée sur ivoire représentant Samson et Dalila.

932 — Deux peintures en grisaille sur verre à fond d'or représentant, l'une Vénus et des amours, l'autre des enfants jouant avec une chèvre.

933 — Peinture sur verre à fond d'or avec encadrement aussi en verre. Elle représente une scène tirée de l'histoire d'un personnage dont les armoiries sont placées à la partie supérieure du tableau. Au bas on lit: S. Ferd. Cast. Rex, 30 May, et le nom de l'artiste : Jos. Dolzer in Mondséo.

934 — Tableau sur lequel sont apposées huit miniatures et une

gravure coloriée représentant des scènes d'intérieur, des portraits, etc.

935 — Petite miniature ronde sur ivoire du temps de Louis XVI ; jeune femme, enfant, mouton et chien dans un paysage.

936 — Miniature ovale sur cuivre : portrait de jeune homme vêtu de noir et portant un large col blanc. Dans un cadre en filigrane d'argent.

937 — Médaillon à double face : portrait à l'huile d'un jeune homme et d'une jeune femme en costumes du xvie siècle. Cadre en bois noir.

938 — Gonzalès Coques.— Charmant petit portrait d'homme vu à mi-corps, portant la perruque à rallonges, un manteau noir et un large col blanc.

939 — Médaillon ovale peint à l'huile sur cuivre et attribué à F. Porbus : portrait d'homme portant un large col blanc brodé.

940 — Portrait d'homme peint à l'huile sur vélin. Ecole espagnole.

941 — La Vierge et l'Enfant Jésus. Peinture à l'huile de l'école italienne. Dans un cadre carré en bois d'ébène à moulures incrusté de cristaux imitant des pierreries.

942 — Petit tableau. Ecole française. Enfant nu assis soufflant des bulles de savon. Il est entouré de monuments et d'attributs funéraires. Allégorie de la fragilité humaine.

Haut., 24 cent.; larg., 89 cent.

943 — Miniature ovale sur ivoire : portrait d'enfant indiqué comme étant celui du duc de Reischstadt. Cadre en bois noir garni d'ornements de cuivre.

944 — Deux albums japonais ; l'un d'eux imprimé en couleurs.

ESTAMPES

945 — Suite intéressante de deux cent treize estampes par différents maîtres du xviɪᵉ siècle et représentant des scènes de chevalerie, des sujets allégoriques, des pièces philosophiques, des sujets de chasse et des sujets divers, d'après Goltzius, par Mérian, Mathan, de Ghein ; d'après Breughel par Gal, etc. Ce lot sera divisé.

SCULPTURES

946 — Beau vase à couvercle de forme ovale en ivoire sculpté à côtes et enrichi d'une belle frise représentant en bas-relief des divinités marines se jouant dans les flots. Le couvercle offre sur un de ses côtés le triomphe de Neptune et sur l'autre les armes des Médicis. Travail très-fin des premières années du xviɪᵉ siècle.

947 — Bustes du Christ et de la Vierge. Bas-relief en albâtre
sans fond. Dans des cadres dorés.

948 — Cachet en ivoire sculpté à buste de femme en bas-relief et à feuilles. Il contient une boussole. xvii° siècle.

949 — Statuette de sainte femme debout. xv° siècle.

950 — Deux flambeaux en ivoire à colonnes torses évidées.

951 — Marbre jaune antique. — Petit buste d'empereur
romain. Collection du D' Boehm, de Vienne.

952 — Bas-relief en plâtre peint · Pieta. — Le Christ mort
sur les genoux de sa mère. Cadre en velours noir.

953 — Médaillon rond en coquille nacrée de diverses nuan-
ces ; buste de Charles-Quint en bas-relief. Cadre en bois
noir. xvi° siècle.

954 — Petit buste de femme en nacre de perle sculptée en
bas-relief sur fond de velours noir et cadre en ivoire
sculpté à cariatides et mascarons.

955 — Deux bustes en relief modelés en cire peinte : bustes
d'homme et de femme en costumes de l'époque Louis XIV.
Dans des cadres octogones à moulures en bois noir.

956. — Bas-relief en albâtre du XVIe siècle représentant Loth et ses filles.

957 — Trente bas-reliefs en os sculpté à figures et animaux provenant d'un coffret vénitien du XIVe siècle.

958 — Vidrecome de forme cylindrique en ivoire finement sculpté en bas-relief présentant au pourtour des scènes de tournoi de style gothique. Au-dessus d'un des guerriers est écrit : *Georgi Bavariæ Dux* ; au-dessus d'un page porteur d'un écu est écrit *Hedviga Poloniæ regista*. Le couvercle est surmonté d'une figurine de saint Sébastien en cuivre doré, et le pied est aussi en cuivre doré.

959 — Grand groupe en ivoire sculpté. — Saint Joseph debout portant l'enfant Jésus sur son bras gauche. Travail de ronde bosse.

960 — Figure de prophète debout en bois sculpté, doré et peint ; le costume porte des inscriptions en caractères gothiques. Travail du XVe siècle.

Haut., 59 cent.

961 — Petite figurine en bois sculpté. Travail du XVe siècle.

Haut., 46 cent.

962 — Saint Georges debout ; sculpture en bois. — XVe siècle.

Haut., 28 cent.

963 — Bas-relief en bois représentant diverses figures en costumes du XVIe siècle.

964 — Tête laurée vue de profil (le Tasse ?) en bois sculpté en
haut relief. Dans un cadre ovale en bois sculpté, doré en
partie.

965 — Console en bois sculpté en forme de chapiteau orné
d'une tête de chérubin et d'une guirlande de fleurs.

966 — Petit modèle de rouet en bois.

967 — Quatre petites statuettes en bois sculpté avec applications de coquillages.

968 — Petit modèle de berceau en bois sculpté. Travail du
xvᵉ siècle.

969 — Epinette du xviiᵉ siècle dans une boîte en bois noir,
garnie de bronze. Le clavier a trois octaves et demie.
L'intérieur du couvercle est orné d'une gravure coloriée,
représentant Joseph expliquant ses songes à Pharaon.

970 — Huit jolis cadres en bois sculpté et doré qui seront vendus par deux ou séparément.

OBJETS VARIES

971 — Plaque de reliure en cuivre champlevé et émaillé avec
réserves dorées. Elle représente le Christ en croix entre

les figures de saint Jean et de sainte Marie ; dans le haut,
deux anges. Bordure à rinceaux.

972 — *Livre d'heures.* Imprimé sur vélin, enrichi de belles
gravures sur bois. *Paris, 16 janvier 1555, opera Thiel-
manikerver, au pont Saint-Michel, à l'enseigne de la Li-
corne.*

973 — ORLANDO FURIOSO *di M. Lodovico Ariosto.* Petit in-12,
imprimé sur papier par Nicolo Misserino à Venise, MDCIX,
enrichi de gravures sur bois.

974 — Deux pièces : 1° Le Christ en croix en bronze ; la
croix se termine par des fleurs de lys et sur deux branches
sont placées les figures de sainte Madeleine et de saint
Jean ; 2° petite figurine de Vénus, debout, en bronze.

975 — Trois petites statuettes en cuivre ciselé et doré : saint
Roch debout et personnages en costumes Louis XIII.

976 — Sonnette en bronze portant des bustes et des inscriptions en relief : S. MARIA, ORA PRO NOBIS. S. BERNARDUS,
1686.

977 — Écritoire de forme triangulaire reposant sur trois
pieds à enroulements, décoré de rinceaux en relief et à
couvercle, surmonté d'un singe assis. Bronze italien du
XVI° siècle.

978 — Petit étui porte-missel du XV° siècle, en cuir gaufré.

979 — Six écussons armoriés variés, partie en bois peint et partie en étoffe brodée.

980 — Tablette de velours noir sur laquelle sont appliquées onze pièces diverses en bronze, antiques, byzantines et modernes.

981 — Coupe à fruits en bronze à deux anses mobiles, rattachées au vase par des têtes de cygnes. Travail étrusque; belle conservation.

Larg., 36 cent.

982 — Statuette antique en bronze. Apollon debout, sur socle carré.

983 — Tête de femme, grandeur tiers nature, en cuivre rouge repoussé, portant des traces de peinture. xvie siècle.

984 — Sirène ailée en fer forgé, destinée à être suspendue. xvi° siècle.

985 — Boîte persane pour miroir, décorée de figures en couleurs et or.

986 — Deux coquilles, genre Burgau; l'une d'elles est gravée.

987 — Petit cartel porte-montre, modèle borne en albâtre, avec incrustations de pierres diverses à oiseaux et fleurs.

988 — Grand broc à anse en étain, portant la date de 1706. La figure qui surmonte le couvercle tient un écusson portant les attributs de la corporation des maçons et tailleurs de pierres.

Haut., 32 cent.

989 — Coffret oblong à couvercle bombé en fer gravé à figures et armoiries. Travail de la fin du xvi° siècle.

990 — Deux flambeaux en bronze doré, modèle rocaille. Epoque Louis XV.

991 — Deux flambeaux, modèle à trépied en bronze doré. Travail allemand du temps de Louis XVI.

992 — Trois médaillons ronds en marbre blanc, avec bustes en bronze ciselé et doré rapportés sur le fond. Ils représentent François Ier d'Autriche, sa femme et un archiduc en costumes du xviii° siècle.

993 — Entrée de serrure en fer repoussé, décorée d'ornements. xvii° siècle.

994 — Jeu d'échecs en fer ; les pions sont représentés par des paysans debout ; les fous, par des coureurs ; les cavaliers, par des chevaux ; les tours par des figures montées sur des éléphants, et les rois et reines par des figures couronnées. Travail allemand du xviii° siècle. Deux pions manquent.

MEUBLES & BRONZES

995 — Grande glace de **Venise**, avec cadre en acier repoussé
à fleurs et ornements, et surmonté d'un fronton de même
travail.

Elle provient de chez madame la duchesse de Berry.

Haut., 1 m. 69 cent.; larg., 1 m. 4 cent.

996 — Table carrée sur pied quadrangulaire repercé à jour
et consoles en bois sculpté garnissant les angles. Le dessus est formé d'une grande et belle plaque en pierre de
Kehlheim finement sculptée dans le style de la Renaissance
par le célèbre PATSCHE DE VIENNE. Au centre est repré-
sentée la scène de Tournoi de Worms en bas-relief; autour
se trouvent des bustes, des écussons et des inscriptions
en ancienne langue allemande placés sous des motifs d'ar-
chitecture élégants.

Diam., 93 cent.

997 — Belle table carrée avec dessus en marqueterie de bois
de couleurs représentant un groupe de figures dans un
paysage, ainsi que des festons de fruits et des ornements.

Le pied en forme de monument à quatre faces en bois
sculpté est enrichi aux angles de colonnes cannelées déta-
chées; chacune des faces de ce pied simule un arc de
triomphe.

Haut., 87 cent.; long., 1 m. 21 cent.; larg., 1 m. 6 cent.

998 — Bureau à cylindre en bois de placage et garni de bronzes. Travail allemand du temps de Louis XV.

Haut., 1 m. 15 cent.; larg., 1 m. 25 cent.; prof., 65 cent.

999 — Console en bois sculpté à ornements dorés se détachant sur un fond peint en bleu et en blanc. Dessus de marbre.

Haut., 85 cent.; larg., 1 m., 21 cent.; prof., 63 cent.

1000 — Petite table Louis XV en bois peint à l'imitation de marqueterie de bois. Travail allemand.

Haut. et larg., 72 cent.; prof., 46 cent.

001 — Petit tabouret de pied du temps de Louis XV.

Larg., 46 cent.

1002 — Piédestal en bois sculpté et doré portant les armes de Bavière peintes en couleurs.

Haut., 1 mèt.; larg., 67 cent.

1003 — Deux torchères ou guéridons en forme de colonnes torses, avec chapiteaux et feuillages dorés.

Haut., 1 m. 15 cent.

1004 — Deux autres torchères en bois sculpté entièrement dorées, de style Louis XVI.

Haut., 1 m. 40cent.

1005 — Deux Torchères en bois sculpté à ornements dorés sur fond bronzé.

Haut., 1 m. 16 cent.

1006 — Deux torchères analogues mais plus petites.

Haut., 92 cent.

1007 — Lot de cuirs de Cordoue décorés de fleurs en or et couleurs sur fond couleur pierre ; destinés à être employés comme tentures de chambre.

1008 — Autre lot de cuirs de Cordoue. Ceux-ci sont décorés de figures et d'ornements en or et couleurs.

1009 — Six chaises Louis XIII en bois sculpté garnies en cuir doré ; les dossiers sont surmontés de frontons offrant en relief des figures d'apôtres.

1010 — Quatre chaises en bois sculpté à pieds tournés et montants terminés par des têtes de lion.

1011 — Trois fauteuils et une chaise en bois sculpté et peint en blanc, garnis de tapisseries décorées d'attributs divers en couleurs sur fond bleu. Époque Louis XVI.

1012 — Deux miroirs avec cadres dorés de style rocaille.

Haut., 1 mèt. 17 cent.; larg., 82 cent.

1013 — Cadre de miroir ou de tableau formé de feuillages dorés.

Haut., 93 cent.; larg., 79 cent.

1014 —, Miroir de toilette avec monture dorée.

Haut., 66 cent.; larg., 53 cent.

1015 — Miroir de toilette avec cadre en cuivre argenté.

Haut., 38 cent.; larg., 32 cent.

1016 — Miroir avec cadre en bois sculpté et doré dans le style de la Renaissance.

Haut., 76 cent.; larg., 71 cent.

1017 — Miroir dont le cadre de forme octogone est enrichi de rosaces et pendeloques en cristal de roche. Travail moderne.

Haut., 86 cent.; larg., 56 cent.

1018 — Miroir avec cadre en bois sculpté en bas-relief à ornements dans le style de la Renaissance.

Haut., 38 cent.; larg., 34 cent.

1019 — Grande pendule avec socle cul-de-lampe en marqueterie de cuivre sur écaille noire richement garnie de bronzes. Elle est surmontée d'une figurine de femme assise. Epoque Louis XV.

Haut., 1 m. 17 cent.

1020 — Petite pendule avec socle cul-de-lampe aussi en marqueterie de boule garnie de bronze. Epoque Louis XIV.

Haut., 71 cent.

1021 — Petit cartel en bronze finement ciselé et doré, modèle à trophées d'armes. Epoque Louis XVI.

Haut., 27 cent.

1022 — Deux grands vases en bois sculpté et doré à ornements avec anses formées de figurines d'enfants assis et
surmontés de statuettes debout. Epoque Louis XIII.

Haut., 1 m. 10 cent.

1023 — Deux paires de bras en bois sculpté et doré, à deux
lumières, modèle rocaille et fleurs.

Haut., 60 cent.

1024 — Deux bras en bois doré à deux lumières.

Haut., 55 cent.

1025 — Deux petits bras en bois sculpté et doré à trois lumières. Epoque Louis XVI.

Haut., 57 cent.

1026 — Quatre bras à deux lumières, en bronze.

Haut., 39 cent.

1027 — Deux bras à deux lumières en bronze modèle rocaille. Epoque Louis XV.

Haut., 32 cent.

1028 — Deux autres bras à deux lumières en bronze. Epoque
de la Régence.

Haut., 27 cent.

1029 — Deux autres bras formés de cariatides portant chacune deux lumières. Epoque Louis XIV.

Haut., 41 cent.

1030 — Deux petits bras à une lumière formés de branches

et de feuilles en bronze doré, garnis de fleurs en porcelaine de Saxe. Époque Louis XV.

Haut., 25 cent.

1031 — Deux bras à une lumière en bronze. Époque
Louis XVI.

Haut., 30 cent.

1032 — Deux petites étagères en bois sculpté, doré en partie.
Époque Louis XV.

Haut., 59 cent.; larg., 55 cent.

1033 — Étagère en marqueterie. Époque Louis XV.

Haut., 33 cent.; larg., 44 cent.

1034 — Petite étagère à deux tablettes en bois noir reliées
entre elles par des colonnettes torses en ivoire.

Haut., 26 cent.; larg., 51 cent.

1035 — Coffret reliquaire de forme carré long avec couvercle
en toit en bois sculpté et doré, garni de plaques de verre
biseauté. Époque Louis XIII.

Haut., 41 cent., larg., 42 cent.

1036 — Jolie cage du temps de Louis XVI en bronze doré,
ornée de peintures sur émail. Elle renferme un oiseau
automate sifflant divers airs.

Haut., 50 cent.

1037 — Grande et belle armoire à glace à deux portes, en
bois sculpté et doré. Elle provient, dit-on, du palais de
Versailles.

Haut., 2 m. 32 cent.; larg., 1 m.

1038 — Deux aigles grandeur nature en bois sculpté, pouvant servir de consoles.

Haut., 70 cent.

1039 — Mandoline espagnole enrichie d'incrustations de nacre de perles. Dans sa boîte. xviii° siècle.

1040 — Grand lustre en verre de Venise à huit lumières. Provenant de chez madame la duchesse de Berry.

1041 — Lustre analogue à celui qui précède, mais un peu plus petit. Il provient aussi de chez madame la duchesse de Berry.

1042 — Beau coffre de forme architecturale en marqueterie de bois, enrichi de fines sculptures en bois sculpté à cariatides et ornements. xvi° siècle.

Haut., 43 cent.; larg., 6 cent.

1043 — Beau coffre oblong en bois de noyer, incrusté d'ivoire et présentant de riches dessins et un petit échiquier. Il renferme quantité de tiroirs et compartiments ouvrant à secret. Travail vénitien (dit Certosine) du xvi° siècle.

Haut., 34 cent.; long., 75 cent.; larg., 49 cent.

1044 — Petit coffret en bois, enrichi d'incrustations d'ivoire. xvii° siècle.

Haut., 45 cent.; larg., 60 cent.

1045 — Petit cabinet en marqueterie de cuivre, écaille et étain; le dessus porte un blason.

1046 — Joli petit cabinet, fermant à deux portes et de forme
monumentale, en marqueterie de bois, incrusté d'ivoire
et enrichi de figurines en ivoire sculpté. XVIe siècle.

Haut., 28 cent.; larg., 27 cent.

1047 — Coffret plaqué en écaille et enrichi d'incrustations de
nacre de perle et ivoire.

1048 — Coffret en bois noir avec garnitures gravées et dorées.
XVIIe siècle.

1049 — Petit coffret gothique en cuir, garni en cuivre. Il
porte des inscriptions et des ornements.

1050 — Petit coffret en bois, présentant au pourtour des ornements gothiques, rehaussés de couleurs. XVe siècle.

1051 — Autre coffret en bois sculpté à rosaces et ornements.
Même époque.

1052 — Coffret du temps de Louis XIV en bois finement
sculpté à ornements et portant des armoiries surmontées
d'une couronne ducale. Ouvrage de Bayard de Nancy.

1053 — Coffret de mêmes style et travail. — Les sculptures
de celui-ci sont en haut-relief sur le couvercle.

1054 — Petit coffret gothique en bois finement sculpté,
rehaussé de couleurs.

1055 — Coffret de forme architecturale. plaqué en écaille rouge, garni d'argent repoussé et de plaques de verre gravé. Époque Louis XIII.

1056 — Coffret gothique en bois sculpté à figure de femme, animaux et ornements. Ouvrage allemand du xv° siècle.

CADRES

1057 — Collection intéressante de cadres pour miniatures en bronze ciselé, en bronze ciselé et doré, en cuivre et en argent repoussé, en bois noir avec appliques de cuivre et d'argent ciselé, en bois sculpté et doré, etc., etc., des xvi°, xvii° et xviii° siècles. Cette suite se compose d'environ cent pièces, la plupart fixées sur des tablettes de bois noir. Ils seront vendus soit par tableaux complets, ou par lots, au gré des acquéreurs.

ÉTOFFES

1058 — Bonne grâce en étoffe de soie ancienne, garnie de glands.

1059 — Jolie aumônière en velours rouge, brodée d'argent portant les armoiries de Louis XVI et de Marie-Antoinette.

1060 — Jolie bande de guipure rehaussée de parties tissées en fin. xvie siècle.

1061 — Belle bordure en peluche de soie d'une bonne conservation. D'environ 6^m,83 de longueur en plusieurs morceaux.

1062 — Petite écharpe finement brodée en soies de couleurs à fleurs et oiseaux.

TABLEAUX

1063 — FELICE BIGIO. — Groupe de fruits. Collection Essings de Cologne.

Haut., 47 cent.; larg., 64 cent.

1064 — ÉCOLE HOLLANDAISE dans le style de Rembrandt. — Portrait de vieille femme en costume noir et large col blanc plissé.

Haut., 75 cent.; larg., 62 cent.

1065 — INCONNU. — Portrait de femme. Cadre doré.

Haut., 54 cent.; larg., 39 cent.

1066 — SANDRAT. — Les quatre vents, les quatre saisons et les quatre âges personnifiés par des portraits historiques :

Le printemps, le vent d'Ouest et l'Enfance, représentés par Louis XIV;

L'été, le vent d'Est, l'Adolescence, représentés par Philippe IV;

L'automne, le vent du Sud et l'Age viril, représentés par Charles V;

L'Hiver, le vent du Nord, l'Age mûr, représentés par le Doge Grimani.

Haut., 85 cent.; larg., 1 m. 7 cent.

1067 — M. B. DE STOMME. — Nature morte.

Haut., 97 cent.; larg., 78 cent.

1068 — VIVIEN. — Beau portrait d'homme portant la perruque à rallonges. Pastel. Dans un cadre doré.

Haut., 1 m. 6 cent.; larg., 69 cent.